TRENTE-DEUX

PAGES

DE VÉRITÉ,

Par A. P. N. Birotteau, Avocat à
la Cour royale d'Aix.

A AIX,

Chez G. Mouret, Imprimeur-Libraire ;
Chevalier de la Légion-d'Honneur ;

Et se trouve à Paris chez Barba, Libraire
au Palais Royal.

1815.

TRENTE-DEUX PAGES

DE VÉRITÉ.

DE L'EXPÉRIENCE.

Rarement on a vu les hommes, que l'espoir de dominer ou de s'enrichir a jeté dans tous les écarts et les crimes d'une révolution, revenir de bonne foi à des principes de modération, de justice et de vertu. Ce phénomène, si les temps passés l'ont vu se produire, loin de nous laisser sans défiance sur les agitateurs de nos jours, devroit au contraire nous tenir en garde contr'eux; car il est à présumer qu'il ne se renouvellera point dans ce siècle où la corruption des mœurs est parvenue à son apogée. Suivons-les, en effet, ces hommes essentiellement pervers, qui ont parcouru toutes les phases de la révolution française à travers les vices et les forfaits dont elles furent empreintes. La plûpart d'entr'eux sécouant d'un pied superbe la poussière de l'humble village où

A

leur vertueux père vivoit heureux, quoique ignoré, volent à Paris s'asseoir à côté des juges-bourreaux de l'infortuné Louis XVI, ou se précipitent dans les rangs que les Turenne et les Condé menoient jadis à la victoire par le large sentier de l'honneur. Le Roi-martyr a cessé de vivre ; la courageuse Antoinette n'est plus; la vertueuse Élizabeth a pris place parmi les anges ; les Cannibales de 93, affublés du bonnet de l'infamie, ont prêté le serment de *haine à la royauté*; ils font tomber sur l'échaffaud les têtes les plus illustres du royaume ; ils déciment son immense population ; les temples du vrai Dieu, ses autels et ses ministres disparoissent en un seul jour; les châteaux sont mis au pillage, ou s'écroulent avec fracas sous la torche de l'incendiaire : c'est au nom de la *liberté* qu'on emprisonne, qu'on égorge des millions de victimes, tandis qu'à peine entré dans les légions républicaines, tel simple soldat ombrage son chapeau du panache de général, sans que son mérite personnel, de grands services rendus ou des connoissances approfondies, viennent lui faire pardonner une élévation aussi rapide.

Tous ces bandits qui sonnoient hier contre les riches, le tocsin de l'*égalité*, s'approprient aujourd'hui leurs dépouilles avec une impudeur sans exemple. Ils ont une soif inextinguible de l'or, depuis qu'ils peuvent y porter sans crainte une main criminelle. Ils chargeoient de leurs imprécations, les prétendues débauches de la Cour, et ils consument dans des orgies crapuleuses, le temps qu'ils ne passent point à faire des massacres. Ils conspuoient la noblesse et ses *vaines* distinctions, et déjà ils courent après toutes les places, en attendant l'époque encore éloignée, où ils chargeront de plaques et de cordons, le velours et la soie qu'ils substitueront à la bure de leur *carmagnole*.

Le 9 thermidor s'est levé. Le tyran, que quelques-uns de ses complices ont renversé, non pour le salut de la patrie, mais pour se soustraire eux-mêmes à la mort, revit tout entier dans leur fatal génie. Ils avoient pourtant promis à la France un règne juste et paisible. L'EXPÉRIENCE la désabusa. Le directoire naquit des cendres de Robespierre. Une nouvelle constitution vit le jour ; de nouveaux sermens furent prêtés, et ces *sermens* amenèrent de nouveaux *parjures*. Les bourreaux consentirent à laisser reposer leurs bras, mais les déserts de la Guyanne se peuplèrent des victimes échappées à la

hache révolutionnaire. Attaqués de consomp-
tion, les cinq tyrans firent enfin place au
déserteur de S.ᵗ-Jean d'Acre. Ce fougueux
apôtre de la *liberté* et de *l'égalité* revêt la
pourpre consulaire. A sa voix homicide, les
disciples de Marat et de Robespierre, les
fiers montagnards, les purs sans-culottes,
les *frères* et *amis*, toujours avides de révo-
lutions, d'honneurs, de places et de richesses, accourent se ranger sous ses éten-
dards. Il falloit uue nouvelle constitution
pour une puissance nouvelle. On mit donc
de côté celle que l'on avoit *jurée*. On en
fabriqua une autre, que l'on voulut affermir
par de nouveaux sermens. L'EXPÉRIENCE
va nous prouver encore l'insigne mauvaise
foi de cette troisième promesse.

Le grand jour de l'IMPÉRIALISME approche ; ce jour où la *République française*,
une, *indivisible et impérissable* va descendre au tombeau, cette république que
ses amans passionnés ont mille fois JURÉ
de défendre au péril de leur vie. La royauté
à laquelle ils ont en même-temps JURÉ
haine éternelle, va renaître plus horrible
que jamais ; et avec elle, les Princes, les
Ducs, les Comtes, les Barons et les Che-
valiers, race impure et réprouvée par les

hommes libres et égaux de 93. Nous allons voir de nouveau une gardè prétorienne, des rubans, des croix, des cordons, méprisables *hochets de la tyrannie.* Arrête, Avanturier d'Ajacio ! Tu veux donner des fers à la patrie !!!!!! Enfans de BRUTUS, armez-vous, et que CÉSAR expire sous les poignards de la liberté !....... Quel silence ! Eh quoi ! vous consentiriez à courber vos têtes altières sous le sceptre d'un Roi !.... Oui. Ils ont eu cette bassesse. Ils se sont précipités aux portes de son palais : ils ont mendié, accepté des titres, des honneurs, des distinctions et des places. Ils se sont prosternés devant l'idole ; ils l'ont adorée, ils l'ont encensée. Ils ont consenti à verser pour sa cause, ce même sang qu'ils avoient répandu pour s'affranchir du pouvoir légitime du meilleur, du plus vertueux des monarques. C'est au service du *Corse* qu'ils l'ont fait couler par torrents ; et les champs de l'Europe se sont engraissés des cadavres de leurs enfants morts pour la tyrannie.

Quelle confiance pourra donc avoir aux sermens de ces esclaves abrutis, le Souverain religieux et pacificateur qui va succéder au monstre couronné ? L'Europe qu'il a ravagée, se coalise pour hâter sa chûte : il tombe , et le petit-fils de St Louis remonte sur le trône de ses aïeux, après 23 ans de malheurs. L'EXPÉRIENCE auroit prémuni un simple citoyen contre les machinations du crime qui veille et s'enhardit au temps de la clémence. Mais la grande ame de Louis-le-Désiré est inaccessible au sentiment de la haine. Il espère, à force de bienfaits, amollir le cœur de ces tigres. Son ineffable bonté leur fait non-seulement grace de la vie, mais elle va encore au devant de leurs moindres désirs. Ils conservent leurs grades, leurs postes, leurs emplois, leurs honneurs, leur fortune, leurs émolumens. Rien ne leur coûte pour abuser un Roi confiant. Soumission, obéissance, sermens de fidélité, protestations de toute espèce, ils emploient tout à la prochaine ruine de sa puissance. Étonnés d'un pardon si peu mérité, d'une magnanimité si peu commune, ils se regardent, se rapprochent, s'expliquent; et le résultat de leurs affreuses confidences, est la découverte d'un piège, là où la bonne foi se manifeste de toute part. Indignes des bontés dont le monarque les accable, ils refusent obstinément de croire à leur durée; et dès cet instant sa perte est résolue. Déjà ils ne déguisent plus leurs desseins parricides.

Hélas! le retour de l'usurpateur prouvera bientôt à Louis combien peu il faut se montrer sourd à la voix de l'EXPÉRIENCE, quand elle a parlé si haut depuis un quart de siècle.

C'en est fait. Les vagues de l'île d'Elbe ont à peine vomi sur les côtes de France le bourreau de l'humanité, que les coryphées de la révolution, les suppôts de la tyrannie, les agens cruels du despotisme militaire ont salué leur digne patron. Des traîtres apostés par les chefs de la conjuration, conspirateurs eux-mêmes dans les provinces soumises à leur commandement, lui frayent le chemin de la capitale. Vainement un Prince du sang, modèle de bravoure, d'honneur et de fidélité, réunit sous le drapeau sans tache, les soldats de Louis; vainement l'héroïne de Bordeaux descend jusqu'à la prière et rappelle à la mémoire de nos guerriers, le serment de l'honneur; vainement le Monarque lui-même commande à ses nombreuses légions de marcher à la rencontre de l'ennemi. Une défection inouie, quoique prévue de longue main par l'observateur, rend inutiles, et les nobles efforts du Duc d'Angoulême, et le dévouement chevaleresque de Marie-Thérèse, et les ordres

(8)

sacrés de Louis. Le parjure, la trahison, la révolte, l'ingratitude s'unissent, se confondent pour chasser du trône le moderne TITUS, et pour y replacer le nouveau DOMITIEN. Le père du peuple est enfin parti; et la France gémit de nouveau sous un sceptre de fer.

Trois mois se sont écoulés, et un nouveau miracle nous a rendu le *Regretté*. Ah! cette fois du moins, L'EXPÉRIENCE qui *seule pouvoit avertir*, *ne sera pas perdue*. Il l'a dit, il l'a consigné dans sa proclamation du 28 juin 1815.

Monarque infortuné! trahi, abandonné par ceux-là même qui vous devoient le plus, je n'ai point la prétention insultante de croire que mes conseils vous soient nécessaires. Votre haute sagesse les aura sans doute prévenus. Mais dans le rang obscur où le ciel m'a placé, jeté dans la foule, et par cela seul, plus à portée de juger par mes yeux et par mes oreilles du besoin pressant qu'a V. M. de mettre à profit les *terribles leçons* de L'EXPÉRIENCE, j'ose vous dire qu'il importe à la sûreté de votre trône, au repos et au bonheur de votre peuple, de retirer votre confiance aux sujets félons qui en ont abusé d'une manière si révoltante. Tels V. M. les a vus depuis les premiers jours de la révolution jusqu'au huit juillet dernier, tels elle les verroit encore, si le courroux du ciel vous réservoit à de nouveaux désastres.

DE LA FUSION DES PARTIS.

Autant il est impossible de rendre le fer indocile à l'attraction de l'aimant, autant il l'est de rapprocher les véritables amis du Roi, des Jacobins et des Bonapartistes. On auroit beau opérer l'amalgame d'élémens aussi hétérogènes, toute la puissance humaine échoueroit dans la tentative de leur fusion. L'exilé de l'île Ste Hélène l'avoit en quelque sorte opérée. Mais ses succès furent dûs, en grande partie, à la démoralisation de certains nobles qui, fatigués de porter un grand nom sans fortune, ou rougissant de vivre dans le fond d'une province, confondus dans la foule des citoyens qui se disoient leurs égaux, firent volontiers le sacrifice de leur honneur, aux richesses qui les attendoient, ou aux postes brillans qu'on les appelloit à remplir. Tandis que ces fils dégradés des premières maisons de France, bravant les reproches que les ombres de leurs ancêtres remplissant les palais de nos Rois sembloient leur adresser, valetoient dans l'anti-chambre d'un parvenu, des patriciens moins illustres , mais également corrompus, briguèrent à leur tour la honte de partager avec les sectaires du jacobinisme les places et les emplois qui résidoient sur leurs têtes vénales. Ceux-ci, retrouvant des complices de leurs forfaits dans quelques-uns de ces nouveaux venus, et bien aises de voir les autres y donner une sorte de sanction par leur lâche condescendance, se prêtèrent de bonne grace à cette réunion inattendue. Ainsi la *fusion* suivit de près l'*amalgame ;* et l'on peut avancer, qu'en général, cette fusion devint si parfaite, que ce sont précisément les apostats de la royauté qui ont développé dans ces dernières années une énergie de bassesse dont rien n'approche , et donné au tyran les preuves les plus honteuses d'une effroyable fidélité. Mais aujourd'hui que les Français se connoissent presque tous par leur nom ; aujourd'hui que la perfidie et la loyauté , la fidélité et le parjure, le crime et la vertu, ont tracé la ligne de démarcation qui les sépare ; anjourd'hui qu'une épreuve solennelle a, comme à l'heure du jugement dernier, placé les *boucs* d'un côté et les *brebis* de l'autre, il ne doit, il ne peut y avoir de *fusion* de partis. L'officier fidèle qui a suivi le Roi à Gand, ne sauroit se retrouver dans le même corps avec le parjure qui, foulant aux pieds la cocarde blanche, a arboré le signe de la rebellion, et fait la guerre à son Roi légitime. *Les magistrats qui ont préféré descendre de la chaise curule, plutôt que de prêter à la tyrannie leurs talens et leur sévère intégrité*, ne pourront plus siéger à côté de ceux qui ont voté l'article 67 de *l'acte additionnel*. Les simples citoyens eux-mêmes qui, dans les rangs de la garde nationale ou sur les pas d'un fils de France, ont bravé mille périls et la mort pour la défense du trône, ne verroient jamais de sang froid et sans se plaindre, les artisans coupables des maux de l'état, les fédérés, les brigands qui les ont maltraités, dépouillés, assassinés, se mêler à leurs jeux, à leurs fêtes, et souiller de leur voix discordante les hymnes royaux, les chants de bonheur et de paix que le retour des Bourbons inspire à tout sujet fidèle. Peut-il exister un rapprochement sincère entre un Montausier et un C.....s, entre un Pichegru, et un S...y, entre un Daguesseau et un M..n, entre un Bossuet et un M..y, entre la victime et le bourreau, entre l'honneur et l'infamie, entre l'honnête homme et le scélérat? Non, encore une fois. La fusion des partis ne peut s'opérer. Tout ce que l'on peut exiger des vrais royalistes, c'est le pardon des offenses qu'ils ont reçues, du mal irréparable qu'on leur a fait, des violences qu'on a exercées à leur égard. Ce pardon, ils l'avoient accordé l'année dernière; ils l'accordent aujourd'hui pour la seconde fois; car ils savent que le droit de punir n'appartient qu'au Prince ou aux magistrats dépositaires de sa puissance. Le sujet quelque grave que soit l'injure qu'il ait venger, ne peut, en aucun cas, se e justice. Il devient rebelle à son S in, dès l'instant qu'il se met à la p e es lois. Mais il y a loin du pardon, l'o li des injures, à une réconciliation in ne ec le coupable. La religion elle-mêm i puissante sur un chrétien, si igou se dans sa morale, n'est pas si exigeant ue certains *libéraux* de ce siècle. Si ell n'ordonne d'aimer en Dieu l'homme méch , elle m'impose le devoir de détester s actions; si elle m'oblige à prier pour lu elle me commande de l'éviter. Je suis tenu de lui rendre service, mais je ne le suis point de le visiter, de me lier, de fraterniser avec lui. Je dois même, si mon état l'autorise, lui conseiller de changer de vie, d'expier ses fautes par le repentir, par un retour sincère à la vertu. Ainsi l'effort sur-humain qu'on demande aux vrais royalistes, est au-dessus de leur devoir et de leur foiblesse. Pardonner, oublier, est tout ce dont ils sont capables ; et certes, ce n'est point à l'école de leurs ennemis qu'ils auront appris cette vertu. Que produiroit d'ailleurs le système de la fusion des partis, s'il parvenoit à se faire adopter ? Une mésintelligence soutenue, la confusion et le désordre parmi les membres de tous les corps de l'État, des rixes dangereuses entre les militaires, un mécontentement général, l'affoiblissement et la ruine du pouvoir suprême. Ne forçons point l'honnête homme à douter des avantages de la vertu, et ne contraignons pas sa bouche à se taire devant l'être déhonté qui, trouvant dans son élévation la preuve irrécusable que le parjure et la fidélité sont devenus synonimes, le raillera victorieusement sur la sévérité de ses principes. Jamais le besoin de flétrir d'une réprobation solennelle les vices que la révolution semble avoir consacrés, ne s'est fait sentir avec plus de force. Il faut recréer la morale, remettre la bonne foi, la loyauté, le désintéressement, les principes religieux en honneur ; et le système de la fusion, loin d'atteindre ce but, les perdroit à jamais.

DE LA PUNITION DES COUPABLES.

Le peuple effrayé de l'impunité des grands coupables, se demande tous les jours, comment il se fait, que sur dix-neuf individus signalés à la justice par l'ordonnance de S. M. du 24 juillet 1815, il n'y en a eu qu'*un seul* d'exécuté, et un autre à la veille d'être jugé ? Il se demande encore, d'où vient qu'au mépris de cette ordonnance, M. Regnault de Saint-Jean-d'Angély, compris dans la liste de ceux qui doivent *rester* dans une ville de l'intérieur, sous la surveillance du Ministre de la police générale, en attendant que les Chambres statuent sur leur sort, a reçu des passe-ports pour *sortir* de France ? D'où vient que Merlin - de - Douay se trouve à Bruxelles ; que Bassano et Thibaudeau sont en Allemagne ; que Bertrand, Savary et l'Allemant vivent tranquilles dans l'étrnager ;

d'où vient enfin, que des prévenus de haute trahison sont parvenus à se soustraire à l'ordonnance du Roi? Certes, on ne sauroit, sans iujustice, s'en prendre à S. M. de la violation de son ordonnance et de l'inertie, au moins apparente, des Conseils de guerre. Elle a fait tout ce qui lui a paru nécessaire dans les circonstances où nous sommes, et ce ne sera pas moi qui oserai la blâmer de son indulgence. Mais l'on se plaint, et avec raison, ce me semble, que les ordres du Roi reçoivent une exécution aussi lente, et éprouvent une violation aussi manifeste.

A la vérité, les Chambres investies par S. M., du droit de désigner les coupables dont le nom ne figure point dans les deux listes, qui *sont et demeurent closes*, en poursuivront, sans doute, le complément; et j'espère avec tous les amis de l'ordre et de la monarchie, que sous peu, justice sera faite des ennemis implacables de notre repos.

L'auteur estimable des *Observations sur divers points de la situation politique et de la législation de la France*, s'élève avec un sentiment bien louable contre la demande de la punition des coupables dont on afflige journellement l'ame sensible et clémente de S. M. Il prétend que le code pénal, les lois

antérieures de notre législation criminelle,
la Charte, les ordonnances du Roi, pronon-
çant des peines graduelles pour tous les
genres de crimes et de délits politiques,
les magistrats chargés de leur répression,
n'ont plus qu'à en faire l'application, sur la
poursuite des officiers préposés à cet effet.
Ce raisonnement, je répugne à le dire, me
paroît plus spécieux que solide : car, d'un
côté, nos lois criminelles sont insuffisantes,
comme M.ʳ C. L. l'a victorieusement prouvé
dans un article intitulé : *Le mal et le re-
mède*, inséré dans le *journal général de
France*, feuille du 8 octobre dernier; et
de l'autre, la poursuite et le châtiment des
crimes et délits politiques, sont malheureusement confiés encore en des mains inté-
ressées, pour la plûpart, à les couvrir du
manteau de l'impunité.

Ce n'est point ici une injure générale que
nous faisons au corps entier de tous les
fonctionnaires de France, comme l'avance
l'écrivain que nous combattons. Le mal
existe, en dépit des magistrats intégres,
fermes et fidèles, qui font partie des Corps
constitués du royaume, aux vertus desquels
nous nous plaisons à rendre hommage. Mais
comme il est nécessaire et surtout *pressant*

que

que justice se fasse et qu'un grand exemple se donne, il l'est aussi que le Souverain ordonne aux dépositaires de son autorité, de tenir la main à la prompte exécution des lois relatives aux crimes et délits qu'a enfantés la conjuration du 20 mars. Le mandement mis au bas des ordonnances de S. M., devient impuissant pour atteindre ce résultat, lorqu'un magistrat pusillanime, négligent ou coupable lui-même, est *spécialement* chargé de son exécution. Qui osera le dénoncer s'il trahit ses devoirs, en supposant qu'à ses côtés siègent des hommes également corrompus, s'il a des complices parmi les agens de l'autorité ! Peu de personnes ont le noble courage de se faire des ennemis pour défendre des intérêts qui ne leur sont point personnels. Ainsi, quoique *tout* soit *prévu* et *réglé*, les coupables vont tête levée et se mocquent des lois. Je sais que les épurations successives que chaque corps de magistrature ne peut manquer de subir, remédiera à ces graves inconvéniens. Hélas ! cette épuration devient de jour en jour d'un besoin plus impérieux. Tout ce qu'il y a d'honnêtes gens en France la désire avec ardeur, et j'en ferai le sujet du chapitre suivant.

B

DE L'ÉPURATION DES TRIBUNAUX ET DES ADMINISTRATIONS.

Que les juges, que les administrateurs, que les employés subalternes des autorités du royaume ne s'allarment point des lignes que je leur consacre ! Juste dans ma haine contre les conjurés du 20 mars dernier, je n'ai point demandé que la France se couvre d'échaffauds pour abattre les têtes de tous ceux qui les ont servis. Je ne prétends pas non plus exclure de toutes les places, tous ceux qui s'y sont maintenus depuis cette époque fatale. Il est, sans contredit, de nombreuses exceptions à faire. Une note de mon écrit sur le *Parjure* a déjà justifié à cet égard la pureté de mes intentions. Je ne vais pas si loin que M. F..., et je serois fâché d'encourir le reproche que le journal de Paris a adressé à M. L... qui affirme qu'on peut être plus royaliste que le Roi. Jetons donc un voile officieux sur la conduite politique qu'ont tenue les gens en place, depuis les premiers jours de la révolution, jusqu'au 20 mars 1815, à moins pourtant qu'elle ne se trouve dans des exceptions impossibles à absoudre. Qu'ont-ils faits pen-

dant l'interrègne de trois mois? Voilà, ce
me semble, à quoi l'on peut réduire la
question. Ce qu'ils ont fait ? Plusieurs,
foulant aux pieds les sermens les plus in-
violables, se sont unis de cœur et d'ame au
triomphe passager du tyran. Ils ont secondé
ses desseins parricides de toute l'autorité
qui leur étoit dévolue, ou de toute leur
influence sur les citoyens qui s'y trouvoient
soumis : presque tous ont prêté serment de
fidélité à l'usurpateur, au mépris des protestations les plus solemnelles, faites à leur
Roi légitime. Mais comme il paroît juste
d'établir une distinction entre les sujets
égarés, foibles, irréfléchis ou de bonne
foi, et ceux qui ont juré de la langue et
de l'esprit, la conclusion que je tirerai de
cet aperçu, ne devra s'appliquer qu'aux
derniers. Quelques-uns, malheureusement
en assez grand nombre, ont voté l'article 67
de *l'acte additionnel*, article révoltant pour
tout homme qui n'a point abjuré le nom de
français. (1) D'autres ont tenu contre la

---

(1) A propos des fonctionnaires publics qui, loin
de donner à la France l'exemple de la fidélité à leur
Souverain légitime, ont voté au contraire l'article 67
de *l'acte additionnel* de Buonaparte, je me fais un

famille auguste des Bourbons, des propos tellement infames, que je rougirois de les rapporter. Ceux-ci ont cherché à égarer un peuple crédule, par les mensonges les plus impudens ; ceux-là, enfin ont détourné les amis du Roi de s'armer pour sa défense, de voler à la rencontre du Corse, et ont

---

plaisir et un devoir rigoureux de faire connoître aux bons royalistes, le vote qu'écrivit de sa propre main Monsieur B. , Avocat à la Cour royale d'Aix, sur le registre de la Mairie de cette Ville.

» Ne pouvant empêcher les actes du nouveau gou-
» vernement qui s'est établi en France depuis environ
» deux mois, j'y serois du moins resté étranger :
» j'aurois attendu en silence les heureux événemens
» que désirent tous les bons français. Mais après avoir
» lu dans un journal, qu'en se taisant sur la propo-
» sition faite au peuple, d'une nouvelle constitution,
» on seroit censé l'avoir approuvée, je ne puis étouffer
» plus long-temps le cri de mon ame indignée.

» Je déclare donc que je désapprouve *l'acte addi-
» tionnel aux constitutions de l'empire*, et cela en
» totalité, depuis le titre jusqu'à la signature. Il est
» surtout deux articles que je rejète avec le plus profond
» mépris. C'est l'article 1.er qui, en considérant comme
» valables dans l'origine, les constitutions des ans 8,
» 10 et 12, suppose qu'elles n'ont pas été irrévoca-
» blement annullées par les événemens de mars et
» d'avril 1814 ; et l'article 67 par lequel on voudroit
» que le peuple français, en reconnoissance de plu-

comprimé par toute sorte de moyens l'élan généreux des français fidèles. Certes ! tous ces coupables, ces magistrats, ces administrateurs, ces employés félons, doivent être chassés des places, des postes qu'ils occupent encore. Demander leur expulsion, est-ce donc se montrer intolérant, injuste ou cruel ? Ne seroit-ce pas plutôt trahir les intérêts de la monarchie et compromettre ouvertement le salut de l'état, que de témoigner pour des crimes, pour des délits pareils, pour des torts aussi répréhensibles, une molle et coupable condescendance ? *Le gouvernement usurpateur*, a dit le Vicomte de Chateaubriand au Roi, dans son rapport sur

---

» sieurs siècles de véritable bonheur et d'une gloire
» sans tache dont il est redevable aux BOURBONS,
» exclût à jamais du trône cette auguste famille. »

» VIVE LE ROI ! VIVENT LES BOURBONS !

Signé B.

Ce courageux et honnête citoyen ne s'en est pas tenu à cette preuve irrécusable de son dévouement à la famille royale. Avocat, Officier dans la garde nationale, il a honoré ces deux corps en prenant les armes contre l'usurpateur. Enfin, il a été persécuté et proscrit sous le règne éphémère du plus exécrable des tyrans.

l'état de la France , *vient de nous donner une leçon UTILE : il n'a pas perdu un moment pour éloigner des préfectures et des tribunaux, les hommes qu'il a présumés ennemis de son autorité ou indifférens à sa cause. Il a pensé qu'un magistrat qui le matin, avoit administré dans un sens, ne pouvoit pas le soir, administrer dans un autre : il ne faut jamais placer un homme entre la honte et le devoir, et le forcer pour éviter l'une, à trahir l'autre.* Le Roi que la divine Providence nous a si miraculeusement rendu une seconde fois, doit, en effet, être servi franchement et loyalement. Ses ennemis (et tous ceux que je viens de dénoncer le sont évidemment), ne peuvent être de bons serviteurs. Leur repentir *éventuel* n'est point une garantie suffisante de la sincérité de leurs nouvelles promesses. Et d'ailleurs, dans quel livre, les *libéraux* ont-ils appris qu'il suffit que le méchant promette, jure même de se corriger, pour ne lui infliger aucune peine, pour le maintenir dans une place qu'il a déshonorée? Nulle part on n'a prêché une pareille doctrine. Malheur au Souverain, malheur au peuple qui l'adopteroit! L'épuration des tribunaux et des administrations est donc nécessaire, puisque le Roi veut sincérement le salut et le bonheur de ses sujets. Elle doit être faite avec une *sage lenteur*. Trop de précipitation la rendroit vaine. Mais il est plus facile de prouver la nécessité d'une épuration générale, que de trouver les moyens propres à la faire avec discernement et avec succès. Si nous ne pouvons parvenir à déterminer un mode infaillible de l'opérer convenablement, au moins pourrons-nous indiquer les écueils qu'il faut éviter pour que, la volonté de faire le bien, dont le Monarque et les Chambres sont si jaloux, ne devienne point illusoire. Nous tracerons ensuite une marche à suivre dans cette conjoncture vraiment délicate , laissant aux Ministres de S. M. le soin d'en apprécier le mérite.

Fermer l'oreille à la brigue et au patronage, est le premier devoir des Ministres. Les protecteurs doivent être écartés , si l'on veut éconduire les protégés. Que les Ministres fassent pour les juges, pour les administrateurs, ce que le Roi a fait à leur égard. Quels ont été les patrons qui ont sollicité pour eux auprès de S. M. ? Les voici : leurs vertus, leur mérite, leurs services éminens, leur attachement à sa personne sacrée. L'Europe, la France n'en reconnoît point d'autres.

A la vérité, ils ont parlé bien haut à l'oreille de S. M. ; et, chose bien remarquable dans ce siècle de dénigrement et d'envie , tous les bons citoyens ont applaudi au choix du Monarque. Il en sera de même de ceux que feront les ministres pour les places qui ressortent de leurs départemens, si, encore une fois , ce n'est point la brigue, la protection d'un grand personnage qui en disposent. Souvent, avec les meilleures intentions du monde, le patron qui n'a connu son protégé que par ce qu'un ami ou une parente, sollicités à leur tour par d'autres solliciteurs interposés , lui ont écrit en sa faveur, a mis en place un sot ou un être dangereux , au lieu d'un homme instruit et irréprochable qu'il croyoit donner au Roi et à la patrie. De telles méprises sont trop graves, dans ce moment surtout, où il importe tant de peupler les tribunaux et les administrations de citoyens habiles , franchement et loyalement dévoués au Roi, qu'il suffit de les rappeler pour être certain qu'elles cesseront de se reproduire. Le mérite personnel, la régularité des mœurs, l'instruction jointe à un beau dévouement à la cause du Roi, doivent seuls ouvrir la porte à toutes les places. Mais où puiser des documens impartiaux sur les individus appelés à remplir

des fonctions administratives ou judiciaires ?
Où prendre des renseignemens exacts sur le
compte de ceux qui , s'en étant montrés
indignes , doivent en être dépouillés ? Où ?
Sur les lieux même de leur résidence. C'est-
là , que tel administrateur, tel magisirat, tel
employé qui , graces aux soixante ou cent
licues qui le séparent de la capitale , y est
réputé un homme d'esprit et de bien , passe
avec juste raison pour un méchant ou un
inepte. C'est-là, que les ennemis du Roi se
sont démasqués pendant l'interrègne, non
moius par leurs paroles, que par leurs actions.
C'est-là , et là seulement, que les Ministres
découvriront la vérité qu'ils cherchent de
bonne foi. C'est encore là , sur les lieux
de leur résidence , qu'ils pourront se pro-
curer des notes fidèles sur les sujets dignes
par leur conduite et leurs talens, de remplacer les ignorans, les parjures , les pré-
varicateurs et les traîtres que l'opinion pu-
blique repousse. Mais qui chargera-t-on de
la mission importante de signaler au Roi et
à ses Ministres , les bons et les mauvais
français? J'avoue la difficulté de l'entreprise,
quoiqu'il ne soit pas impossible de la vaincre.
Et d'abord, il y auroit quelque danger à
confier cette tâche aux Préfets nouvellement

choisis par S. M. , tout dignes qu'ils sont
de sa confiance ; car , à peine arrivés dans
leurs départemens , le temps leur a manqué
pour asseoir une opinion motivée sur le
compte de leurs administrés. Leur religion
seroit par conséquent sujète à être surprise ,
puisque parmi ceux qui les entourent , il
en est peut-être , qu'il faut éloigner , et que
l'intrigue se glisse plus aisément dans le
cabinet d'un magistrat installé d'hier. Le
danger seroit plus grand encore , si les Ministres consultoient les chefs des administrations et des tribunaux relativement aux
membres à expulser et aux citoyens appelés
à les remplacer. Cette mesure qui sera suffisante après l'épuration , pourroit donner
aujourd'hui un résultat tout opposé à celui
que nous avons en vue ; car , d'un côté, là
où lechef du corps à épurer , se trouve être
un jacobin ou un buonapartiste, il n'y a nul
espoir qu'il desserve ses complices et se dé-
nonce lui-méme ; et d'un autre, il se gardera
bien de proposer des personnes intègres ,
des amis du Roi, reconnus pour tels , dont
l'admission dans le corps, le forceroit à rougir
de ses propres fautes. Il paroît donc qu'il
convient aux intérêts de la monarchie et à
la gloire des Ministres de S. M. , d'investir

dans chaque chef-lieu où siègent les principales autorités , un nombre déterminé de citoyens dont la moralité et les principes politiques soient publiquement avoués , du pouvoir de signaler à la justice du Souverain les sujets qui ont démérité de sa confiance et ceux qui s'en sont montrés dignes. Cet Aréopage d'où j'exclurois, pour surcroit de garantie, les parens et les amis de tous les gens en place , transmettroit directement aux Ministres ou au Préfet du département le procès-verbal de ses opérations. Je ne garantis point l'excellence de cette mesure ; mais j'ose avancer qu'elle produiroit le meilleur effet possible.

Un autre moyen d'épurer les administrations et les tribunaux avec connoissance de cause, seroit d'envoyer dans les départemens des commissaires habiles et probes, non pas revêtus d'un titre public, accompagnés d'une grande représentation, mais sans suite, sans appareil, inconnus même aux autorités; qui, modestement habillés, pénétreroient *incognito* dans nos cercles, dans nos spectacles, dans nos réunions, sonderoient adroitement le terrein, interrogeroient sans conséquence toutes les classes des citoyens, recueilliroient tous les faits, s'assureroient de leur exactitude, et en tiendroient un regître fidèle. Un ou deux mois de séjour dans chacun des arrondissemens qui leur seroient désignés, suffiroient à l'objet de leur mission. Cette voie de faire connoître la vérité au Souverain et à ses ministres, seroit, j'en conviens, un peu dispendieuse. Mais peut-on acheter trop cher, un bien si précieux et si rare ; un bien d'où dépendent pour des siècles, la stabilité du trône, le repos et la félicité de vingt-cinq millions de français ?

Les profondes lumières des Ministres et le désir violent qu'ils ont tous de seconder les vues bienfaisantes du Roi, leur suggéreront encore d'autres remèdes au mal qui nous afflige. Cependant, quel que soit celui que chacun d'eux mettra en usage, qu'ils se pénètrent bien de cette importante vérité que je redis en finissant ; *Ce n'est que sur les lieux même où résident les Corps qu'il s'agit d'épurer, qu'ils pourront trouver des documens exacts et nécessaires à cette épuration.*

DES RÉACTIONS.

Cet article, tout important qu'il est, sera traité avec briéveté ; car l'impudence et la mauvaise foi de l'accusation intentée contre les royalistes paroit ici trop à découvert, pour qu'il soit besoin de développer la défense.

Les *jacobins* et les *buonapartistes* crient sans cesse à la *réaction*, ce qui prouve, au moins, qu'il y a eu *action* d'un côté. En effet, elle ne sauroit être douteuse. Vingt-cinq ans d'assassinats, d'exil, de proscriptions, de pillages, de persécutions de tout genre, l'ont suffisamment établie; et tout comme on a la preuve qu'une *action* de vingt-cinq ans a pesé sur les *royalistes*, on a celle que cette *action* appartient exclusivement aux *jacobins* et aux *buonapartistes*.

Passant de l'*action* à la *réaction*, je cherche vainement dans l'histoire de la révolution française, une époque à laquelle les *royalistes* aient *réagi*, dans le sens qu'on attache à ce terme.

Il ne s'agit donc plus que d'établir qu'il y a eu tout récemment, nouvelle *action* de la part des *buonapartistes* et des *jacobins*, sans qu'il y eut eu précédemment *réaction* de la part des *royalistes*.

Ici les faits parlent d'eux-mêmes. Tout le monde convient qu'à la première restauration, les royalistes donnèrent le touchant exemple d'une modération sans égale. Aucune goutte de sang ne fut répandue. Aucun citoyen ne fut inquiété dans ses biens ou dans sa personne. Les *jacobins* et les *buonapartistes* conservèrent leurs titres, leurs honneurs, leurs richesses, leurs places, leurs emplois. Pas un cheveu ne tomba de leur tête.

Buonaparte reparoit ; et soudain d'un bout de la France à l'autre, il y a *action* contre les royalistes. Si la voix de l'énergumène du *grand club révolutionnaire*, qui demandoit la proscription des ascendans et descendans des royalistes n'a point été écoutée à Paris, elle a retenti jusqu'au fond des provinces les plus reculées. Partout, on a emprisonné, proscrit, pillé, tué les partisans des Bourbons. Des soldats ivres de sang et de rapine parcouroient les cités et les campagnes aux cris de mort de : *Vive l'Empereur ! A bas les Bourbons ! A bas les royalistes ! A bas Dieu ! Vive l'enfer !* Ils brandissoient sur la tête des citoyens paisibles le sabre de 93. Des Commissaires extraordinaires remirent la terreur à *l'ordre du jour.* Encore une victoire sur les *Alliés,* et le régime de sang de Robespierre revivoit dans Napoléon. Que faisoient cependant les *libéraux* de nos jours, ces philantropes si humains, ces belles ames si douces, si compatissantes ?... Les monstres ! ils *agissoient* peut-être, ou ils gardoient un silence effroyablement approbatif. Misérables ! ce n'est donc que lorsque vous craignez, que les royalistes *réagissent*, que vous criez à la persécution ! Forts et tout puissans, vous *agissez* ; foibles, vous tremblez qu'on ne *réagisse*. Le sang répandu ne vous fait donc horreur, que lorsque c'est le vôtre qui est en danger de couler !

Le glaive de Thémis doit se rouiller dans le fourreau quand il s'agit de l'en tirer contre vous ! il doit briller de tous ses feux, dès l'instant que vous vous croyez menacés ! En un mot, vous voulez avoir *seuls* le droit épouvantable d'*agir*. Les royalistes sont vos *Ilotes*. La chasse vous en est privativement dévolue : malheur à eux, s'ils font mine de se défendre !

Mais le Roi, les défenseurs du trône, tous les honnêtes gens enfin, doivent être révoltés de votre morale hypocrite et de votre san-guinaire égoïsme. Perfides ! vous ne crieriez point à la *réaction*, si vous n'aviez pas tant *agi*, et vous ne joueriez pas mal adroitement le rôle de *persécutés*, si vous n'aviez jamais été d'impitoyables *persécuteurs*.

Ainsi vos plaintes sont intempestives, vos larmes sont celles du Crocodile ; et dans votre bouche, le mot *réaction* est une ironie atroce, une insulte contre les royalistes, un argument sans replique de votre habitude d'*agir*.

FIN.